當動物踏上遷徙的旅程

文字 **蘿拉・諾爾斯**

繪圖 **克里斯・麥登**

翻譯 **周怡伶**

審訂 **林大利**（特有生物研究保育中心助理研究員）

閱讀與探索
當動物踏上遷徙的旅程

文字：蘿拉·諾爾斯｜繪圖：克里斯·麥登｜翻譯：周怡伶｜審訂 林大利（特有生物研究保育中心助理研究員）

總編輯：鄭如瑤｜主編：劉薫｜美術編輯：莊芯媚｜行銷主任：塗幸儀
社長：郭重興｜發行人兼出版總監：曾大福｜業務平臺總經理：李雪麗｜業務平臺副總經理：李復民｜實體通路協理：林詩富
網路暨海外通路協理：張鑫峰｜特販通路協理：陳綺瑩｜印務經理：黃禮賢｜出版與發行：小熊出版·遠足文化事業股份有限公司
地址：231 新北市新店區民權路 108-2 號 9 樓｜電話：02-22181417｜傳真：02-86671851
劃撥帳號：19504465｜戶名：遠足文化事業股份有限公司｜E-mail：littlebear@bookrep.com.tw｜Facebook：小熊出版
讀書共和國出版集團網路書店：http://www.bookrep.com.tw｜客服專線：0800-221029｜客服信箱：service@bookrep.com.tw
團體訂購請洽業務部：02-22181417 分機 1132、1520｜法律顧問：華洋法律事務所／蘇文生律師
初版一刷：2020 年 6 月｜定價：450 元｜ISBN：978-986-5503-14-7

小熊出版官方網頁　小熊出版讀者回函

國家圖書館出版品預行編目 (CIP) 資料

當動物踏上遷徙的旅程 / 蘿拉·諾爾斯（Laura Knowles）
文字；克里斯·麥登（Chris Madden）繪圖；周怡伶翻譯.
-- 初版. -- 新北市：小熊出版：遠足文化發行, 2020.03
64面；30.5×22公分
譯自：We travel so far
ISBN 978-986-5503-14-7（精裝）

873.59　　　　　　　　　　　　108019998

獻給遠方的親朋好友。
──L.K.

獻給艾比和艾略特，你們是我的一切。
我愛你們。──C.M.

文字 蘿拉·諾爾斯（Laura Knowles）

著有《從種子開始》（*It Starts with a Seed*）和《曾經有座叢林》（*Once Upon a Jungle*）等作品，結合了出版工作的經驗及對自然史、藝術的熱愛，投身於動物和自然主題的圖畫書領域。她與一隻好奇的貓和二隻老金魚住在英國倫敦。

繪圖 克里斯·麥登（Chris Madden）

插畫家，出生於英國索爾福特，獲得史塔波克學院（Stockport College）設計與視覺藝術一級榮譽學士學位，作品廣泛見於英國各大雜誌和報紙。他與妻子和兒子住在英國曼徹斯特。

翻譯 周怡伶

輔仁大學新聞傳播系、英國約克大學社會學研究所畢業。曾任出版社編輯和教材創作，現職書籍翻譯，譯作多為社會人文和報導類作品。

目 次

真實的故事

這本書裡每個故事都是真實的，
每個故事都是動物的精采旅程，
在水下、在空中，或是跨越整片大地的故事。

這樣的旅程，叫做「遷徙」。

動物通常隨著季節變化而遷徙。
有些動物是為了尋找食物，
有些是為了找到更好的地方繁殖、養育下一代。
大部分的遷徙動物，都是為了這些原因而旅行。

遷徙的動力是一種本能，
從生下來那一刻起，就已存在於體內。

這本書所介紹的故事，
只是地球上許多遷徙動物的一部分，
還有很多動物每年也會邁向好遠好遠的旅程。

下次看到天空中有鳥飛過，
你可以想一想——這隻鳥可能是從澳洲飛來的喔！

我們是
革龜，打破世界紀錄的海中泳者！

為了尋找像雲朵般的美味水母，
我們游了好遠好遠，有一萬公里那麼遠。

游了好遠好遠之後，我們還能找到路，
回到小時候出生的海灘，沒有人知道我們是怎麼做到的。
我們在出生的海灘產卵。

我們是 座頭鯨，

長距離的泳者，
在海洋中來回遨遊。

冬天，我們游到溫暖的熱帶海洋。

這裡是生小孩的完美天堂。

夏天來臨時，
我們游到寒冷的北極海域。

我們在這裡吃小魚和磷蝦，
養肥自己，為下一年的旅程做準備。

我們是 紅鮭，

滑溜溜、閃亮亮的鮭魚。

我們游過整片海洋，回到我們孵化出生的河流。
我們必須逆著水流往上游，

衝過**瀑布**，

穿過**湍急的水流**，

還要躲開**飢餓的熊**！

我們抵達和緩水淺的溪流時，
　就在那裡產卵。

雖然我們的旅程最後會結束，
　但是，會有新的鮭魚孵化，
　展開牠們自己的旅程，游向大海。

我們是 **眼班龍蝦**。

我們住在淺淺的海岸中，
躲在岩石的縫隙裡。
我們喜歡溫暖而平靜的海。

但是，冬天來臨，
暴風雨也跟著來了。

快啊！

我們得趕快游到深水中，
那裡的海水不會被暴風雨擾動。

我們的旅程是一幅奇特的景象。
一隻又一隻，頭接尾、尾接頭，
形成一個尖尖刺刺的隊伍，
在海床上快步竄逃！

要怎麼找到路呢？
我們生來就自備指北針！

我們是 北方象鼻海豹，

胖嘟嘟的海洋冒險家。

我們每年會遷移二次。
冬天，我們在墨西哥和加州的岩石海岸生小孩。

整整三個月，只靠身上的脂肪來生存，
我們變瘦了，而且好餓！

春天來臨時，我們前往北太平洋尋找食物。

游啊游！吃啊吃！
噢！又長出脂肪了，真棒！

夏天，我們再次游回海灘，
我們在這裡脫掉身上的老舊毛皮。

現在，我們又要出發了！
在冬天來臨之前，游向寒冷的北方尋找食物。

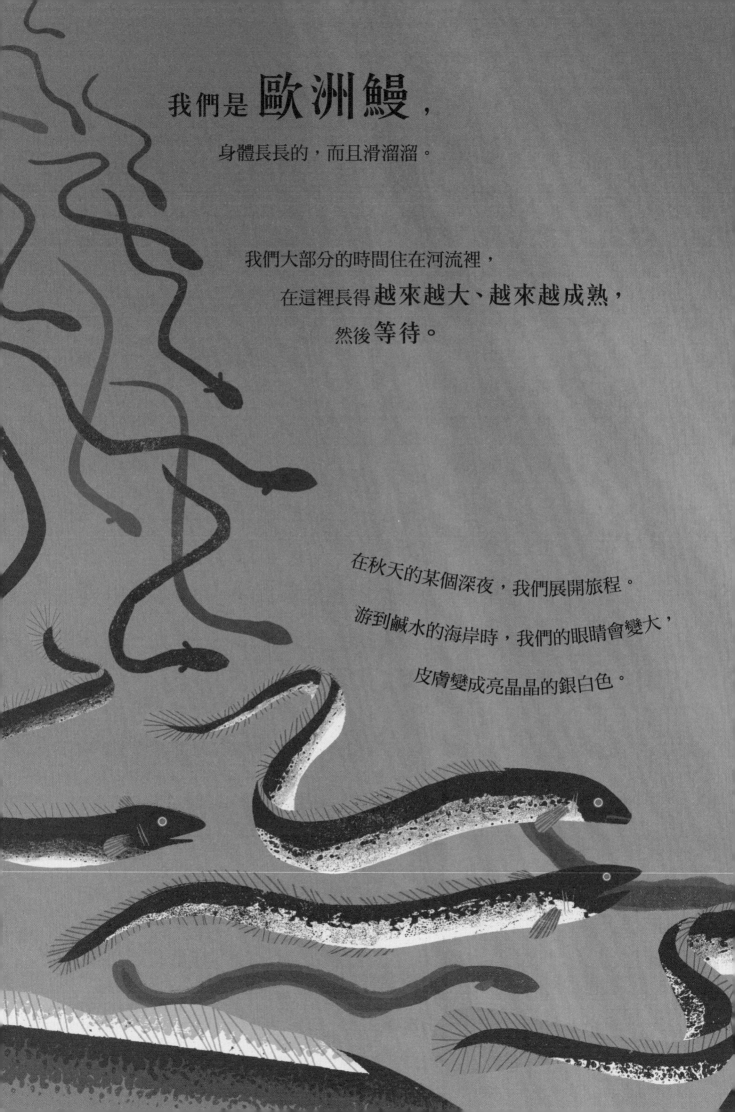

我們是**歐洲鰻**，

身體長長的，而且滑溜溜。

我們大部分的時間住在河流裡，
在這裡長得**越來越大、越來越成熟**，
然後**等待**。

在秋天的某個深夜，我們展開旅程。
游到鹹水的海岸時，我們的眼睛會變大，
皮膚變成亮晶晶的銀白色。

我們一直游，跨越廣闊的大西洋，
抵達馬尾藻海。

我們在這裡產卵，

卵會孵化成鰻苗。

最後，鰻苗會漂回河流，變成小鰻魚，

牠們會越來越大、越來越成熟，然後等待。

我們是**紅喉蜂鳥**，

體型嬌小，充滿花蜜的能量。

雖然我們的體重比一個五元硬幣還輕，
但是每年飛行的距離長達一萬二千公里。

春天，我們隨著綻放的花朵飛過北美洲東部。

夏天，我們築巢餵養幼鳥。

秋天，我們必須找到更多食物，

我們振翅遠征，

往南飛到溫暖的中美洲。

我們是 漂泊信天翁，長翅膀的馭風者。

我們在海上乘風破浪，在天空中遨翔。

為了穿過充滿暴風雨的南方海洋，
我們連續奮戰好幾個小時。

我們在晚上覓食，棲息在波浪起伏的海面上，
每兩年才回陸地一次。

我們一定要找到伴侶。

看我們把翅膀張得多大！

看我們跳著充滿魅力的信天翁之舞！

我們是
帝王蝶。

翩翩飛舞，就像橘紅色的美麗雲朵。
沒有昆蟲能像我們旅行得這麼遠！

夏天即將結束，
我們吸了很多花蜜而變肥，
成群在空中飛舞。

我們從加拿大和美國北部出發，
往南飛到加州和墨西哥海岸，
總共有幾百萬隻蝴蝶集體往南方遷移。

抵達冬天的家，
我們會成群棲息在樹上睡覺，
直到春天來臨。

我們是 **美洲鶴**，
鬼魅般的白色飛行者。

冬天時，我們飛越整個北美洲，
前往南方過冬。

人類曾經是我們的敵人，
我們被獵殺，棲息地被破壞，
只剩下少數幾隻。

現在，人類保護我們。

他們花了許多心力和時間，
引導我們回到祖先們曾飛過的航線。

我們跟隨那架美洲鶴飛機，
飛越寬廣的藍天。

我們是
黃毛果蝠。

我們在夜晚飛出來，
尋找好吃的甜食！

我們有好幾千隻住在一起，
棲息在非洲的樹上。

當卡桑卡國家公園的樹上結滿果實，
我們會從很遠很遠的地方飛來大快朵頤。

不是幾隻，也不只是一群，而是多達八百萬隻蝙蝠！

我們是 斑頭雁 。

我們飛得最高！

在雲上，空氣稀薄又寒冷。

雖然呼吸到的氧氣不夠多，

我們還是繼續前進。

我們連續好幾個小時拍動著翅膀，
快速通過最高的山脈。
日夜不停的飛行。

我們的翅膀
拍啊拍，
拍啊拍。

看哪！世界最高的喜馬拉雅山就在我們腳下！

我們是 **沙漠飛蝗**，

一大群狼吞虎嚥的草上飛。

我們通常數量不多，也不和別的蝗蟲一起生活。

但是下雨之後，
農作物變得新鮮又翠綠，
我們的數量會增加許多。

突然之間，
　好幾百萬隻蝗蟲席捲而來，
　　就像一陣漫天大霧！

　　　　我們好餓好餓，到處尋找食物。

所到之處，田野上的作物一點都不剩，全被吃光。

我們是 北極燕鷗，

藍天中輕盈靈活的舞者。

我們追逐夏天，
從北極到南極。

在北極，我們生育幼鳥。

然後，我們帶著幼鳥一起飛往南極。
在南極，我們吃魚和磷蝦。

我們是紀錄保持者，猜猜我們能飛多遠？
足足可繞地球兩圈以上的九萬六千公里！

我們是 斑馬，

在非洲的賽倫蓋提大草原上，
就像一片有條紋的大海。

我們終其一生都在移動。

我們的蹄，帶我們找到新食物。

我們有強壯的牙齒和胃，
可以吃下粗硬乾燥的草。

我們吃遍了這片草原之後，
接下來又會長出新鮮嫩草，就留給牛羚和瞪羚吧！

我們是 牛羚，

住在非洲草原上，
隨著雨水，遷徙到嫩草鮮綠的地方。

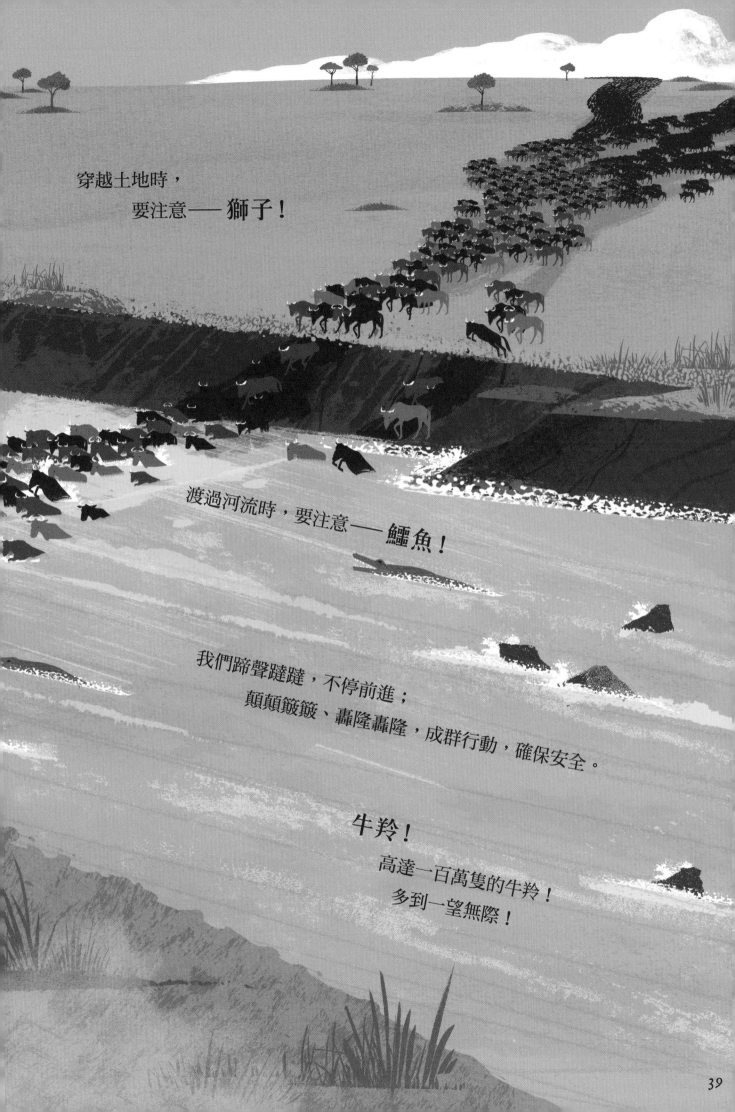

穿越土地時，
　要注意——獅子！

渡過河流時，要注意——鱷魚！

我們蹄聲躂躂，不停前進；
　顛顛簸簸、轟隆轟隆，成群行動，確保安全。

牛羚！
　高達一百萬隻的牛羚！
　　多到一望無際！

我們是**北極熊**。

我們一直在等待冬天。

我們在等海水結冰，
這樣才能跨越結冰的海面。

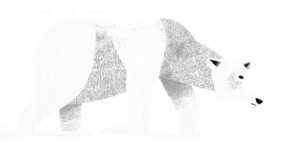

我們會在冰凍的北極冰洋裡獵食。

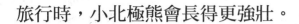

旅行時，小北極熊會長得更強壯。

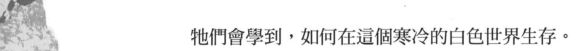

牠們會學到，如何在這個寒冷的白色世界生存。

但是，如果世界變得更暖，就不會有冰。
如果沒有冰，我們就無法捕捉獵物。

在到處都是水的暖化世界裡，我們要怎麼活下去？

我們是 **紅蟹**，

一種陸地上的螃蟹，稱霸印度洋的聖誕島。

我們在雨林地上吃葉子和種子。

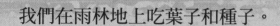

我們要花一個星期，才能抵達海岸，
就像是一陣紅色潮水碰上藍色海浪。
為什麼要走這趟路呢？

為了在漲潮時產卵，
讓潮水把卵帶進鹹鹹的海水中。

秋天的雨水來臨時，
我們就該出發了。

爬啊爬！我們就像一條紅色河流，
爭先恐後，往大海流去！

我們是 **紅邊襪帶蛇**，會冬眠的蛇。

每年秋天，我們遷徙到地下洞穴中，
好幾百隻蛇窩在一起，在寒冬中沉睡。

春天來臨時，我們離開洞穴，
在炎熱的陽光下，把身體曬暖。

我們**醒來了**！
我們**暖和了**！
我們**準備好**，可以交配了。

現在，是時候回到我們夏天的家了。

我們住在隱蔽的地方，
在草叢和灌木旁，靠近池塘和溪流。

我們不像有些動物那樣長途跋涉，
但是，我們就像時鐘般規律的來來回回。
一大片一起晒太陽的蛇，真是壯觀！

我們是 **馴鹿**，

身上披著厚厚毛皮的北方冰原旅者。

每年，我們排成一列蜿蜒的隊伍踏上旅程，

比其他四腳動物走得還要遠。

我們寬寬的腳上有軟墊，
踩在同伴的腳印上，才不會陷入深深的積雪裡。

春天，我們往北遷徙，在豐美繁茂的草地上大快朵頤。
秋天，我們往南遷徙，在雪地裡翻找苔蘚。

我們很快又要再次踏上旅程。

我們是 歐洲蟾蜍，

出沒在庭院和田野裡，穿過溪流和道路。

我們每年都會回到池塘去產卵，
那裡是我們從蝌蚪孵化成蟾蜍的地方。

我們在涼爽潮溼的夜晚行軍，

不管碰到什麼，我們都一路往前衝。

大群蟾蜍，大步前進。

我們是 非洲象，
莽原上的巨人。

我們走過高高的草叢，

窸窸窣窣、窸窸窣窣。

我們走過乾燥的泥土，
用力踩踏、
用力踩踏。

我們由大象外婆帶領，
牠是最年長的母象，也是最強壯的母象。
牠記得哪裡能找到水和食物。

乾季時，水灘是空的。
許多口渴的家族聚在一起，形成龐大的象群。

我們一起往前走，
直到抵達河流為止。

我們是 **挪威旅鼠**，

長得毛茸茸，住在地洞裡，忙進忙出。

我們住在挪威的高地和苔原。

我們啃咬、挖掘、吃、睡、生養寶寶。

我們生了許多、許多、許多寶寶。

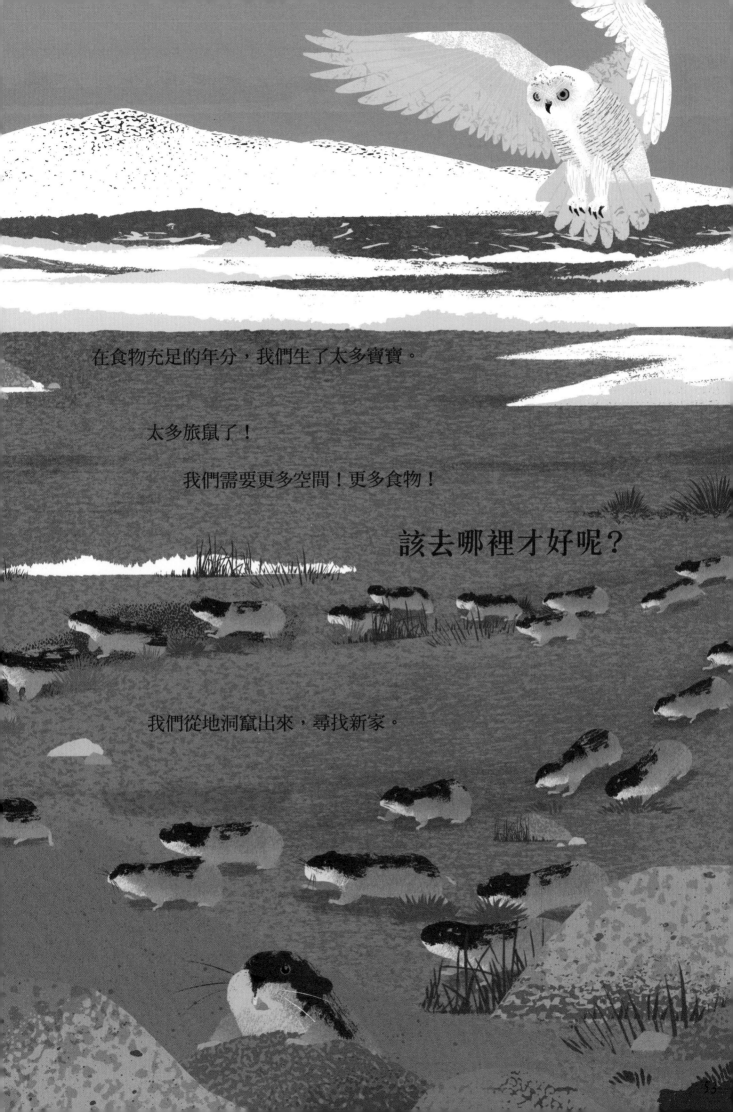

在食物充足的年分，我們生了太多寶寶。

太多旅鼠了！

我們需要更多空間！更多食物！

該去哪裡才好呢？

我們從地洞竄出來，尋找新家。

我們是 皇帝企鵝，

住在冰天雪地的世界裡。

和我們一起拖著腳步走過結凍的冰層吧！

我們的小企鵝等著填飽肚子呢！

我們的伴侶也在等待，等著換牠們啟程，
走一段好遠好遠的路，回到海裡去抓魚。

就快到了！

可以看到我們的族群了！

就是那些黑點點，在一片雪白上！

我們是
加拉巴哥陸鬣蜥，

追逐高溫、挖掘塵土的哥吉拉！

我們住在費南迪納島遍布火山灰的荒野中。

到了產卵的季節，我們就會爬上火山口，
這段旅程既漫長又艱辛。

到了火山口，我們在鬆軟的火山灰中挖出一個窩。
火山的熱度讓我們的卵保持溫暖，直到孵化。

我們是世界各地的**人類**。

我們因為各種理由踏上旅程。

為了尋求冒險而旅行，為了尋求溫飽而旅行。

為了尋求答案而旅行，為了尋求自由而旅行。

為了尋求安全而旅行，
為了尋求愛情而旅行。

我們是人類，
我們的旅程，好遠好遠。

59

世界地圖

圖中是馴鹿（──）、北極燕鷗（→→）和座頭鯨（┈┈▶）的遷徙路線，你還能找出這本書裡其他的動物遷徙路線嗎？

北冰洋

格陵蘭

阿拉斯加

白令海

加拿大

曼尼托巴省

北美洲

美國

加州

北卡羅來納州

北大西洋

德州

馬尾藻海

墨西哥

墨西哥灣

北太平洋

下加利福尼亞半島

中美洲

加勒比海

赤道

費南迪納島

南美洲

巴西

南太平洋

南大西洋

南冰洋

北冰洋

芬蘭

歐洲

地中海

撒哈拉
沙漠

非洲

馬賽馬拉
自然保護區

賽倫蓋提
草原

俄羅斯

亞洲

喜馬拉雅山脈

阿拉伯
半島

印度洋

南冰洋

南極洲

白令海

日本

北太平洋

聖誕島

大洋洲

生態習性和遷徙數據

在水裡遷徙的動物

革龜

特徵和習性：龜殼和一般海龜不同，沒有堅硬的大骨板，而是數百塊小骨板組成。體長可達約2~3公尺，是全球最大的海龜。會在臺灣附近海域活動，曾有擱淺紀錄，目前瀕臨滅絕。

旅行距離：1萬6千公里。

遷徙路線：往返於溫暖的繁殖海域和寒冷的覓食海域之間。

分布：熱帶、溫暖的大西洋、太平洋、印度洋和地中海等海域。

座頭鯨

特徵和習性：具有特別長的前肢，又稱為「大翅鯨」，是遷徙距離最長的哺乳動物。臺灣東部海域可見到來自白令海峽的座頭鯨。

旅行距離：8200公里。

遷徙路線：夏季在極區海域覓食，冬季在熱帶海域繁殖。

分布：所有大洋。

紅鮭

特徵和習性：體長可達84公分，體重可達3.5公斤。幼魚棲息在河川上流中，成魚則在海洋生活。繁殖期時會洄游到出生的河流產卵，全身體色會變成亮紅色。

旅行距離：逆流往上游超過1600公里。

遷徙路線：從開闊的海洋逆向游入河流，在溪流和湖泊交配產卵。

分布：從白令海到日本；從阿拉斯加到加州。

眼班龍蝦

特徵和習性：體長可達60公分。棲息在海床和礁岩石縫間，一生會多次脫殼。龍蝦大多是夜行性，以植物、動物和魚類屍體等為食，最大的天敵是人類。

旅行距離：50公里。

遷徙路線：冬天從岸邊淺海遷徙到深水海域。

分布：加勒比海、墨西哥灣，以及從美國北卡羅來納州到巴西的西側大西洋。

北方象鼻海豹

特徵和習性：可潛到海面下1500公尺深，在水下活動長達2小時，以魚類和烏賊為主食。最優勢的雄海豹會和超過100隻雌海豹配對繁殖。

旅行距離：雄性每年2萬1千公里，雌性每年1萬8千公里。

遷徙路線：夏天游到開闊的覓食海域，冬天再回到陸地繁殖。

分布：北美洲的太平洋海岸、加州和下加利福尼亞半島附近的海灘及島嶼。

歐洲鰻

特徵和習性：體長可達140公分。棲息於河流、河口和潟湖，以蝦、蟹、貝、海蟲為生。每年秋天時，成熟的鰻魚眼睛變大，內臟萎縮，生殖腺肥大，體色由黃褐色變為銀灰色，開始為產卵的洄游做準備。

旅行距離：8000公里。

遷徙路線：成年個體從歐洲的淡水河流和湖泊游到大西洋西側的馬尾藻海。孵出的鰻苗隨著洋流漂回河流。

在空中遷徙的動物

紅喉蜂鳥

特徵和習性：體長可達9公分，體重可達6公克。蜂鳥是唯一可以倒著向後飛的鳥，振翅速度極快，新陳代謝率很高，因此每天必須攝取比體重還重的食物，採食數百朵花或小昆蟲。

旅行距離：6000公里。

遷徙路線：從北美洲東部的夏季繁殖區遷徙到中美洲度冬。

漂泊信天翁

紀錄保持者！

展翅最長可達3.5公尺。

特徵和習性：體長可達135公分，體重可達12公斤。以烏賊、魚和船隻丟棄的廢物為食，有時會因吃太飽而飛不動，只能像鴨子般浮在海面上。

旅行距離：2萬公里。

遷徙路線：在南極洲四周繞行地球。

帝王蝶

特徵和習性：每年夏末會有超過1億隻帝王蝶展開遷徙旅程，旅程時間比牠們的壽命還要長，要由好幾個世代接力才能完成。

旅行距離：4600公里。

遷徙路線：從美國和加拿大東部的繁殖區域，遷徙到墨西哥的冬季棲息地；也會從美國西部的繁殖地遷徙到加州的冬季棲息地。

美洲鶴

特徵和習性：站立時高達1.5公尺，體重可達7公斤。是瀕危物種，牠們的分布曾遍及北美洲中、西部，但因棲地破壞，野外族群數一度不到100隻。後來隨著保育計畫的推動才慢慢回升。

旅行距離：4000公里。

遷徙路線：往返於北方的繁殖地（主要是加拿大的森林水牛國家公園）和南方的海岸過冬地（主要是美國德州阿蘭薩斯國家野生動物保護區）之間。

黃毛果蝠

特徵和習性：體長可達23公分，體重可達340公克。是非洲分布最廣的果蝠，從阿拉伯半島西南部到撒哈拉沙漠以南皆可見，主食為樹皮、花朵、葉、花蜜和果實。

旅行距離：2000公里。

遷徙路線：從赤道非洲繁殖地，飛到非洲的北部和南部，採食當季果樹，期間大約三個月。

斑頭雁

紀錄保持者！

最高海拔的遷徙紀錄。

特徵和習性：體長可達80公分，體重可達3.2公斤。飛行時速可達80公里，順風飛翔時一天甚至可飛1000公里，高度也超越了一般短程飛機。

遷徙海拔：1萬公尺。

遷徙路線：喜馬拉雅山脈。

沙漠飛蝗

特徵和習性：偏好乾燥環境，可長時間長距離飛行，蝗群會危害農作物形成「蝗災」。2020年造成肯亞70年來最嚴重的蝗災，影響擴及印度和中國。

旅行距離：成群蝗蟲每天可遷移大約130公里，整個遷徙行動可長達數千公里。

遷徙路線：從非洲撒哈拉沙漠南方和中東地區，進入鄰近的非洲、南歐和亞洲地區。

北極燕鷗

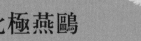

紀錄保持者！

動物中最長的遷徙距離9萬6千公里。

特徵和習性：體長可達39公分，體重可達100公克。壽命可長達20年，一生平均的飛行距離可達240萬公里，相當於從地球往返月球三次。

旅行距離：8萬500公里。

遷徙路線：往返於北極圈的繁殖地（北半球夏季時間）和南極洲之間（南半球夏季時間）。

在陸地遷徙的動物

斑馬

特徵和習性：高約1.4公尺，體重可達320公斤。每隻斑馬的條紋都是獨一無二的，聚在一起行動可以降低被天敵掠食的風險。

旅行距離：3200公里。

遷徙路線：在非洲東部賽倫蓋提草原和馬賽馬拉自然保護區，隨著降雨繞行棲息地一圈。

牛羚

特徵和習性：高約1.4公尺，體重可達270公斤。背上有鬃毛，雌雄都有彎角可禦敵。

旅行距離：3200公里。

遷徙路線：在非洲東部賽倫蓋提草原和馬賽馬拉自然保護區，隨著降雨繞行棲息地一圈。

北極熊

特徵和習性：直立時高約2.5公尺，體重可達800公斤。皮膚是黑色，透明的毛髮在陽光反射下看來是白色。因全球暖化和海洋污染而面臨生存危機。

旅行距離：1125公里。

遷徙路線：從冬季結凍的北冰洋，到加拿大、格陵蘭和俄羅斯北部的夏季苔原之間。

紅蟹

特徵和習性：甲殼寬度可達11.6公分。紅蟹得穿越道路才能抵達海岸，導致被車輛壓碎，因此當地設置可讓紅蟹專用通道，也會適時交通管制以保護牠們。

旅行距離：4公里。

遷徙路線：從聖誕島內陸雨林遷徙到海岸。

紅邊襪帶蛇

特徵和習性：體長可達137公分，體重可達150公克。繁殖期時常常出現一、兩隻雌蛇被10隻甚至更多雄蛇交纏所形成的「交配球」。

旅行距離：20公里。

遷徙路線：在加拿大曼尼托巴省，從冬眠的窩到夏天的溼地棲息地。

挪威旅鼠

特徵和習性：體長可達15公分，體重可達130公克。出生一個月後就可達到性成熟，如果條件合適，全年都可繁殖，是許多極區動物的食物。

旅行距離：160公里。

遷徙路線：數量突然增加，迫使旅鼠播遷到比較不擁擠的新區域。每隔3～5年發生一次。

馴鹿

紀錄保持者！
陸域哺乳動物之中，遷徙距離最長。

特徵和習性：高約1.5公尺，體重可達320公斤。雌雄都有鹿角，且每年都會脫落重長一次。雄性的鹿角會在每年12月脫落，雌性則在3、4月才換角，因此聖誕節時期只有雌鹿有角。

旅行距離：5000公里。

遷徙路線：春季到北方的苔原，冬季到南方的森林。

分布：加拿大、格陵蘭、阿拉斯加、俄羅斯北部、挪威和芬蘭部分區域。

歐洲蟾蜍

特徵和習性：廣泛分布於歐洲，平時單獨活動，繁殖季時會大量聚集。被攻擊時皮膚上的毒腺會分泌毒液，但有些天敵不會受毒液影響。

旅行距離：50公尺至5公里之間。

遷徙路線：從冬眠地點到繁殖的池塘。

非洲象

特徵和習性：身高可達4.1公尺，體重有高達10公噸的紀錄。是最大、最重的陸生動物，雌象們會帶著小象共同生活，組成一個大家庭，牠們會照顧扶持虛弱的同伴，也會互相幫忙育兒。

旅行距離：數百公里。

遷徙路線：為了食物、水或繁殖而跨越非洲莽原。

皇帝企鵝

特徵和習性：冬季時會有數千隻聚集，雌鳥下蛋後就回到海中覓食，雄鳥必須二個月不吃不喝直到小企鵝孵化。

旅行距離：160公里。

遷徙路線：北極冰層的繁殖地和覓食的海洋之間。

加拉巴哥陸鬣蜥

特徵和習性：體長可達1.5公尺，體重可達12公斤。通常為草食性，偶爾也會補充昆蟲、蜈蚣或腐肉等蛋白質。會吃仙人掌的果實、花和莖來攝取水分。

旅行距離：16公里。

遷徙路線：爬上費南迪納島拉昆布雷火山的火山口後，在溫暖的火山灰中產卵。